삶의 흔적 돌

황금알 시인선 39

삶의 흔적 돌

초판인쇄일 | 2010년 12월 17일
초판발행일 | 2010년 12월 24일

지은이 | 하정열
펴낸곳 | 도서출판 황금알
펴낸이 | 金永馥
선정위원 | 마종기 · 유안진 · 이수익
주 간 | 김영탁
디자인실장 | 조경숙
제작진행 | 칼라박스
주 소 | 110-510 서울시 종로구 동숭동 201-14 청기와빌라2차 104호
물류센타(직송 · 반품) | 100-272 서울시 중구 필동2가 124-6 1F
전 화 | 02)2275-9171
팩 스 | 02)2275-9172
이메일 | tibet21@hanmail.net
홈페이지 | http://goldegg21.com
출판등록 | 2003년 03월 26일(제300-2003-230호)

ⓒ2010 하정열 & Gold Egg Publishing Company Printed in Korea

값 8,000원

ISBN 978-89-91601-92-5-03810

삶의 흔적 돌

하정열 시집

황금알

　　뒤뚱거리며 살아온 삶을 이순耳順의 나이가 되어 되돌아보니 아직도 뿌연 안개 속에 서 있는 기분이다. 불혹不惑의 나이에 통일을 염원하는 "통일이 오는 길목에 서서"라는 목적시집을 내고, 지천명知天命의 한가운데 서서 "삶의 한 모퉁이 돌아"라는 서정시집을 발표하였다.

　　그때는 이순의 나이가 되면 제법 삶의 이치를 깨달을 수 있으려니 생각하였다. 혜안의 눈은 갖지 못하더라도 예지의 가슴은 가질 수 있을 거라고 기대하였다. 그러나 그 문턱에 다다르고 보니 한없이 미흡하고 우둔함을 느낀다. 덧없이 살아온 삶을 반성하는 의미를 담아 시집의 제목을 "삶의 흔적 돌"로 정하였다.

　　이 시집은 60여 년 전 조국祖國과 탯줄로의 만남과 시골마을에서 통일의 의미를 깨닫고 뜻을 세우던 10대 소년기의 삶의 모습을 담아 보려고 하였다. 또한 60구비 인생길을 걸어오면서 마주쳤던 소중한 인연과 그들의 가르침을 되새겨 보려고 노력하였다. 아직도 숙성이 덜된 삶의 가치들을 시어로 표현해보려는 미흡한 시도도 가미되었다. 인생의 여로에서 느끼고 아파했던 것 중에서 상징적인 몇 작품을 한 식구로 포함시켰다. 이 시집의 많은 시들은 언론과 각종 문예지에 발표된 것이다. 조금씩 손길을 보태 수정하였음을 밝혀둔다.

　　내 생명줄이자 종교인 조국은 아지도 많은 진통을 겪으며 통일의 길을 더듬거리고 있다. 반평생의 세월을 기도하고 염원하며 진력해온 모습치고는 너무나 애달프다. 그러니 생명줄이 다하는 날까지 조국통일의 길을 터벅터벅 걸어갈 수밖에 달리 길이 없다.

2010년 추수철에
통일 하정열

차 례

1부 인연의 깊은 골

4부 여로에 핀 수선화

1부

인연의 깊은 골

만남

모란꽃이 뚝뚝 떨어지던 그 날이던가
장미꽃이 훌훌 햇살 털던 그 날이던가

별빛이 쏟아지던 새벽녘 호숫가인가
파도소리가 깊어지던 한적한 바닷가인가
이슬비 소리 없이 뿌리 내리던 들판에선가
함박눈 하염없이 오솔길 먹어버린 외딴집에선가

가쁜 숨결 그득 찬 들창가였던가
헤매던 길목에서 우연히 마주쳤던가

말하라! 가슴으로 말하라!
통일의 눈동자가 어느 별에서 날아와
부드러운 흙살을 터트리며
내 가슴에 잎눈을 틔었는지를!

우리 만남의 외줄기 인연과
내 나라의 애절한 이야기를!

이별

새벽빛이 와 닿으면 스러지는
솔바람으로 내 곁에 다가온 그대
마음 깊숙이 할 말은 그득해도
빈 가슴 속에 내리는 그리움이
우리들의 보금자리로 남을 뿐!

한 번의 헤어짐이 영원한 이별이 아니듯
계절의 담장 너머로 줄달음치던
눈물 같은 그리움이 젖어 오는데
삶이 번져서 죽음이 되더라도
가슴엔 듯 눈엔 듯
한 많은 아픔만을 품을 뿐!

오늘도 그대 향해 지향 없이 가고파서
저 혼자 깊어지는 서러운 밤이 되면
저 혼까지 저 숨결까지 가닿도록
파릇한 잎눈 틔운 찔레꽃처럼
잠 못 드는 그대 가슴 속에
피어오르는 불기둥이고 싶어

샛별이 뜨면 조용히 꿈꾸는 나의 조국아!

우정이 남긴 상처

비켜간 인연으로 우리 헤어진 지 오래지만
물에 젖은 마음을 빗질하는 계절이 다가오면
찻잔에 잠기는 그대의 눈동자와
삶을 사랑하던 그대의 해맑간 미소가 그립습니다

국화꽃의 그늘을 어루만지는 가을하늘처럼
아픔이 씻고 가는 우리네 삶 속에서
손끝까지 저려오는 등푸른 그리움 하나
처마 끝에 달빛으로 피어 오릅니다

봄바람이 남기고 간 여운 때문에
보석보다 더 아름다운 그리운 마음과
채워주고 달래주는 끝없는 사랑이
오래도록 그리워한 우정 하나에 걸려 있습니다

그저 절실한 옛 이야기를 펼쳐보며
닿지 않을 듯한 거리를 두고
지긋이 감았던 눈을 뜨면
사랑을 받들고 있는 외로움 하나

겨울이 깊은 뒤에 다시 새봄이 온다면
조국통일의 그날을 위해
수만 송이 장미를 피우겠습니다

늙은 고향

어느 뉘 고향인가
불현 듯 그리운 마음 하나 찾아들면
개구쟁이 뛰놀던 흙내음세와
풀뿌리 같은 아스라한 추억이 얽혀 사는 곳

아직 닿아보지 못한 길의 끝에는
두승산 한자락 병풍처럼 고을 둘러앉고
들마당에 흩어진 갈 햇살 모아
익어가는 시골 향내로 그득한
다락밭과 구들논이 어우러진 자드락 언저리

우물가 버들처럼 그윽하고 해맑은 서정으로
저물녘 단감 빛 노을 함초롬히 피어나고
별똥별 숨어드는 산모퉁이를 돌아 돌아서
속 깊은 우리들의 이야기가
알곡으로 여무는 이 풍진 마을

산 골골에 감도는 못 다한 사랑들이
정자나무에 머물다 다시 에돌고

청자빛 고운 하늘이 샘터에 내려앉으면
고빗사위 넘나든 이야기들이 함초롬히 피어나는
늙은 고향 바로 그 곳에서 어릴 적 꿈꾸며
애오라지 삶을 살고 싶습니다

줄포의 파도소리

금빛 햇살 부셔지는 무늬마다
시간의 고랑을 타고 흐르던 휘파람 소리
바다 같은 꿈 아랑지어 물결을 일으키고
너울지는 파도 같은
열정의 시절이 있었습니다

어디에서 물밀져 오는 파도이기에
쓰르라미 울음소리보다 쓸쓸한
저녁 물안개를 타고
아득한 추억은 황혼이 되어 바다 속으로
아름답게 잠깁니다

어둠의 줄기들이
참개들이 숨결 고르는 갯벌에
고요히 자릴 잡으면
물수제비 뜨듯 반짝이며
너울지던 파도가 그립습니다

선은동의 아침

아카시아꽃 향기 따라 흐르는
물소리를 품고
희망과 사랑을 담은 사람들이
투박한 삶을 사는 곳

물 돌고 산 굽은 곳에
물안개를 타고 새벽은 부지런히 깨어나
동트는 아침에 이르면
여명을 받아 불그스름한 뺨들이
모두다 산으로 모여
저희끼리 소곤대는 언어로
빚어낸 눈부신 생명의 마을

인생이 철따라 흐르다 보니
어느덧 절로 피어
삶을 나르던 바람으로
저 혼자 왔을 뿐인데
이야기의 씨앗들은
지난 세월을 녹이고 있습니다

두승산 정기

산 곳곳 신비로움 품어대는 골골
청솔바람 맑게 스민 산자락마다
용트림하듯 솟구치는 기운이 스며
빛 보다 팽팽한 영롱함으로 반짝이고

찬란히 밝아오는 어느 아침에도
나의 꿈 우리들의 희망이
봄의 피어나는 가슴을 안고
당신을 딛고 서 있습니다

나의 탯줄! 나의 영혼이여!
오늘도 당신은 소 울음소리로
두승산의 아들을 부르고
서낭당의 솟대로
통일조국의 영광을 보게 하옵소서

태릉골의 포효

불태웠던 청춘이 깃든 이 교정에 들어서면
한번은 솟구쳐 오르고 싶어
저마다 가슴엔 들키지 않는
전설 같은 꿈과 사연을 안고
날갯짓을 열심히 하던 그 때가 그리워지누나

목청 풀어 흐느끼는 계절이 오면
환희와 젊음을 북돋우는 풍요로운
청보리 빛 智·仁·勇의 정신으로
조국을 향해 달리는 화랑의 기상으로
청춘은 또 다시 함초롬히 젖어나고

전설이 잔설처럼 남아 있는 바로 이 화랑대에
푸른 꿈 간직하며 흩어지던 우리들의
이야기를 물고 다시 돌아오니
세월은 아득하게 우리의 자취를 안고 있다

말없이 조국의 산하를 지키다가
먼저 간 나의 전우여! 우리의 영웅이여!

찬란한 우리의 역사를 들고 찾아 왔는데
인생은 추억을 통해 무심히 지나가는 것인가!
진정 그런 것인가?

아름다운 설레임으로
그대와 희망찬 아침을 다시 맞을 수 있다면
조국통일을 향한 또 다른 꿈 하나 키우며
태릉골을 포효하고 싶습니다

청계천의 봄

이슬 맑은 향기로 숨 쉬는 햇살은
꽃잎에 젖어드는 영롱한 이슬로
강풀을 따라 아침을 열고
통일이 오는 길목에 봄꽃으로 피어나면

봄은 더욱 높이 솟아
배가 부르도록 햇살을 받아먹으며
풀도 나무도 저마다 와서
청 푸르게 자리를 잡고
오월 햇살을 져 나르는 종달새도
가없는 함성을 지른다

찰랑이는 물소리에 휘감기는 기차소리
살랑대는 실바람에 깨어나는 민들레
너울 따라 흐르는 물소리에 춤추는 버들치

신록의 잎새처럼 싱그러운 사랑과
조국통일의 희망들을
풍경 한 점으로 매달아 놓고

나도 오늘 하루는
철부지 사랑에 불 지르고 싶다

기다림

때로는 잊고 가끔은 기억하며
고운 향기 품고 보낸 나날들
우러러 그리움이 들꽃처럼 피어나면
다가서는 저녁 그림자 그대인양 하여
가슴에 들키지 않는 이야기 하나 안고
그대 오는 길목에 물방초로 피고 싶음이야

기다리는 일처럼 속 아리는 일 없다지만
지난 세월 못 잊는 인연의 깊이에
깊은 겨울 애달픈 수액으로 감아올린 그리움
드러낼 수 없는 사랑으로 메인 가슴엔
서럽도록 시린 내 순수함이여!

겨울은 봄을 안고 있기에 기다리고
삭풍에 떨면서도 꽃은 피듯이
북새에 세 봄 내우고 흔들리는 풀잎 되어
아직 살아보지 못한 삶의 주위에
기다리면서 싹을 틔우는 여린 사랑 하나

그리움마저 희미해질 때까지
천 년 만 년 우뚝 선 기다림 뒤에는
참사랑 오려나!
그때 홀연히 통일이 오려나!
바람의 안부에도 귀를 기울린다

귀띔이라도 해주렴……

회상

고달픈 삶의 꿈길 걸어와서
낙엽이 부딪쳐오는 소리에
살포시 깨인 고요한 밤을 가르는 종소리
창호에 스며드는 달빛 한줄기
연민의 통증으로 스며드는 그리움 하나

그대의 눈동자는 물안개 같은 평온
예나 이제나 기쁨인 듯 슬픔인 듯
마주칠 때마다 눈빛으로 묻는 당신
구름처럼 흐르는 세월 아쉬워
연못 속에 드리운 그림자 하나

하늘 한켠 비켜나는 구겨진 추억의
잔해들이 시간을 거슬러 올라가면
흔들리는 마음 속 갈대는
품여치 구슬픈 울음 따라
달빛으로 더 깊어 가는데
아스라한 별빛이련가
홀연히 내 곁에 다가서는 그대
조국이여! 내 겨레여!

조국의 영광

이 몸이 죽어서 이 겨레가 산다면
하늘 아래 거룩한 그대의 이름으로
추울수록 더 아름다운 눈꽃 되어
겨레의 땅 조국의 흙을 덮으리라

햇살이 눈부시게 비쳐오는 날
숨결마저 죽여 가며 피처럼 진한 색깔로
깊은 잠에서 깨어난 겨레들이 기지개 켜고
조국의 눈동자 속에서 찬란한 승리를 보게 하라

그 무엇이 이 가슴을 이렇게 뛰게 하랴
바로 조국이라는 이름의 당신이 있기 때문
저 혼까지 저 숨결까지 모두 다 가닿도록
피울림 속에서도 별이 되어 지키리라고
겨레의 심장으로 외치게 하라

들풀 하나만 보아도 조국으로 이어지던 날들
나는 그대의 앞길을 여는 노을멍석이 되고
나의 작은 소망들은 영혼의 눈이 되어

당신의 문을 두드리면서
활짝 핀 내 시의 날갯짓으로
찬란히 동트는 조국의 아침을
겨레의 이름으로 열리게 하라!
조국의 영광으로 활짝 피게 하라!

하늘을 쪼는 새

이 가난한 자의 영혼을 일깨우시어
그대의 큰 그릇 안에서 쉬게 하시고
마음의 평화를 지켜 조그마한 일에도
만족할 줄 아는 참 일꾼 되게 하소서

통일 향한 꿈 하나로 몸을 태우며
마음 깊이 한 자루 촛불을 지피는
거룩한 하느님의 일과를
내 영혼의 깨달음으로 정진하게 하소서

숙명의 빛 하늘에서 내려오면
스스로 와 부딪치는 존재의 의미를 깨닫고
상처 깊숙이에서 숙성하는 영혼이
민족의 숨결로 타올라 열리도록
조국통일을 향해 하늘을 쪼는 새 되게 하소서

통일의 길

- 하나 찍고
앞을 보니
자욱한 안개?

시인

시인은 이슬 맑은 들판에 흩어진 햇살도 줍고
바람에 일렁이는 노을의 눈빛에 황홀해 하며
별빛 따라 하룻밤 지새우기도 하면서
생명의 신비로운 탄생을 노래하는 신의 심부름꾼

시인은 사뭇 피려던 젊음을 폭풍우처럼 보낸 아픔으로
상처의 꽃과 언어의 맨살을 만져보고
죽음으로써 삶을 찾는 가슴 속에서 찍어낸 피로
원죄의 틀을 깨며 깨달음의 울음소리를 내지르는 선각자

시인은 이웃들의 삶의 무게를 기꺼이 나눠지고서
펄럭이는 외로움도 아픈 추억으로 새기며
우주와 인간과 삶과 죽음을 고뇌하는 영혼의
궁극적인 표현을 시로 순화시키는 한사람의 생활인

시인은 그대의 아픔과 슬픔까지도 보듬으면서
애틋하고 살가운 정감을 통해 주변을 맑게 복원시켜
더 넓고 아름다운 희망찬 세상을 만들어 내는
바로 당신의 눈높이에서 사랑을 노래하는 삶의 동반자

외소하고 슬픔 많은 이 땅의 시인은
서민들의 속 깊은 언어를 헤아릴 수 있도록
영혼마저 태워서 하얗게 재가 되는 일에 앞장서며
침묵의 소리를 감성으로 표현하는 나지막한 구도자

아들에게

꿈은 스스로 내딛은 만큼 가까워지는 것
함께 아파하고 운명의 짐을 나누며
깨달음과 통찰력으로 앞으로 나아가거라

어떤 일에서든 도전 그 자체는 희망이요
무언가를 시작하기에 너무 늦은 때는 없나니
시작하는 것을 두려워하지 말거라

두려움에 맞서 조용한 결단력을 보여주는 것
진정한 용기이니
정의롭게 행동하거라

용서는 원망할 권리를 포기하여 평화를 얻는 것
넉넉한 여유와 유머를 가지고
떠나보내고 놓아 주거라

진정한 영웅은 자신을 희생하는 사람이니
이웃의 번영과 조국의 발전을 위해
스스로를 불사르거라

삶이란 시간과 운명의 무거운 짐을 견디는 것
만족하는 마음은 여유요 능력이니
편안한 마음으로 삶을 누리거라

맑은 영혼을 유지할 수 있다는 것
그 자체가 최상의 삶이오 행복이니
진리를 향해 올곧게 정진하거라

오직 조국과 겨레의 이름으로!

모정茅亭의 느티나무

우리는 모정의 느티나무
동네꼬마 녀석들 숨바꼭질의 지주목支柱木 되어주고
늙어빠진 농촌아비에겐 수수 만개의 부채가 되고
시름겨운 어미의 가슴앓이 말없이 보듬어도 주며
이른 봄 늦가을까지 저마다 조잘대는 하소연을
다 담고도 남은 넉넉한 품과 우아한 자태로
그늘도 되었다가 쉼터도 되는
바로 그곳에 뿌리내린 우리는, 사랑의 느티나무

마을 산 저물어오고 모진 겨울 다가서면
잔설은 머리에 이고 가난한 욕심마저 내려놓으며
너를 위한 마음 하나로 서로를 부둥켜안고
마을의 파수꾼으로 귀 기우린 이야기들을
무한히 깊어가는 전설로 써내려 가는
삶의 맥박을 이끼로 지고 가는 우리는,
소망의 느티나무

태산이 울어도 한 눈 팔지 않고
가지는 분수를 알고 속살마저 내어주곤

겸손으로 바위에 뿌리내려
묵직한 존재의 근원을 안으로 되새김하며
삶이 버거울수록 서로를 깨우기 위해
세월을 끌어다 앉히고 마음속 불꽃을 함께 지피며
푸른 별로 빛나는 우리는,
봄을 뿌리는 희망의 느티나무

* '모정의 느티나무'는 바로 우리 '가족'이자 삶의 터전이며 지향점임

중랑천의 강태공

중랑천의 강태공 그 빈자리에 앉자
세월을 낚는다
뉘엿뉘엿 지는 해를 낚고
초생달을 담는다

한나절이 하루가 되고
또 다른 계절이 지나도
빈 망태기에
해와 달과 별이란 놈은 모두 담아
조만간 서울이 깜깜해지겠다

오늘은 희망 한 단 낚아보려나
지나는 걸음 멈춰 파르르 떠는
그의 손을 바라본다
내 마음 내밀어 함께 잡아 당겨 본다

조국통일

조국은 나의 탯줄
조국은 나의 핏줄
조국은 나의 생명줄

통일은 나의 희망
통일은 나의 소망
통일은 나의 열망

이 아름다운 금수강산에
조국통일의 꿈을 펼치는 날
춤추는 반도 삼천리에
열정의 혼백을 묻으리라

2부

지난 길 에돌아 보면

인생길

국화향기 그윽한 울림으로 새벽을 깨우면
세상사 바른 길만 가고픈 나에게
크고 작은 걱정거리 안고 살라한다
부대끼며 사는 것도 소중한 삶이라서
오늘도 풀지 못할 질문을 던져본다

나는 누구인가?
어디에서 와서 어디로 가는가?

행복은 잠시 왔다 훌쩍 떠나는 손님
쉬 만족하고 멈출 줄도 알아야지
먼저 안아주고 그저 사랑하며
때로는 다가올 죽음도 준비하면서
참다운 길을 택해야지

희망은 깨달음과 함께 오는 선물
고된 삶도 생의 한 복판의 축제라면
꿈을 머금은 해맑은 웃음으로 즐겨야겠지

삶의 간이역에서 서성이며
번민 속에 웃음 띤 내 모습을
먼발치에서 바라보고 있다

인생수업

벅찬 삶의 무게에 눌려
어드메쯤 길을 잃고 헤매다가
어둡고 긴 내면의 길로 돌아서서
척박한 삶의 눈물을 흘릴 때면
성찰로 뒤척이는 갈 밤의 잎새

몇 생을 더 살아야 풀어낼 것들
발로는 오늘을 굳게 딛고
눈으로는 내일을 바라보며
가슴으로 한 삶을 음미해야지

욕심이 설치다 간 자리에
안타까운 후회가 남지 않도록
때로는 마음도 텅 비우고
포근하게 안아주는 사랑과
넉넉한 여유로 살다보면
이 삶의 문턱에서
문득 깨어나지 않겠는가?

삶의 철학

삶이란 운명의 짐을 지고 길을 가는 것
행복은 세상을 바라보는 맑은 눈에서 오는 것
진리는 진흙 속에서도 자유롭게 숨 쉬는 것
도는 편안하고 고요한데로 깃드는 것
복은 검소하고 부지런함에서 생기는 것
운명은 마음속을 흔들며 깨어나는 것
죽음은 삶의 끝을 거두는 것

참 가치에 다하는 마음으로
영혼의 눈을 호수처럼 지닐 수 있다면
그것이 아마도 산다는 깊은 뜻이리라

깨달음의 끝은 멀다던데
삶의 철학에는 안이한 정답은 없다던데

침묵 하나 껴안고 속으로 눈을 돌려
생生의 한 모퉁이를 틀어잡고
지천명知天命의 끝자락에서
번뇌하는 가난한 이여!

깨달음

깊은 깨달음과 혜안의 통찰력은
낡은 영혼이 갈아입는 무명옷
화두를 잡으면 작은 깨달음으로
어느새 정신은 해맑아지고
우짖는 아픔들이 나를 깨운다

피어나서 이어지는 물음 또 물음들
쓰라린 가슴속에서 눈 뜨는 성숙
부동심의 자세와 편안한 마음은
심신을 지켜주는 혼의 파수꾼 되어
설 자리 잡은 무심의 그 언저리

때론 소박한 뜻도 버려가며
물처럼 바람처럼 살자하니
새벽 달빛 머금은 나팔꽃처럼
소리 없이 피어나는
내 영혼 한 조각

욕망의 변곡점

천둥번개 소낙비 속에서
번민의 깊은 골짜기 헤매고
시간이 변모해가는 빛깔 따라
갈길 몰라 서성이던 그 여름
몸부림 혼자 치며 허울 쫓던 나

어두운 생각들은 금빛 햇살 속에서도
갈길 찾지 못하고
가진 것에 만족하지 못하여
그것마저 잃고 난 날

헛된 욕심 하나 내려놓고
마음 갈피 속의 기도로
벗을수록 따뜻해지는
비어서 더욱 출렁이던 마음

내 삶에 부끄럼 없이
잡초 하나 일깨우는 솔바람 되어
이슬방울처럼 다시 맑아지니
잠시 머물다 가는 쪽빛 인생

더불어 살기

천릿길도 한 걸음부터라는데
황망한 세월 속에 찬서리
자고 가는 그리움조차 시린 밤

그댈 위하는 일이 숭고한 것임을
철들어 아는 나이이기에
손길이 닿은 곳마다 숨결을 나눠주는
이야기를 가슴으로 붙잡으며
함께 아파하고 더불어 살아가는
훈훈한 세상을 만들고 싶습니다

한 번에 단 한 사람만 껴안을 수 있다면
모든 허물을 놓아주고 떠나보내며
우리들의 소망을 종이배에 띄우고
함초롬히 피어나는 그댈 만나고 싶습니다

이 어두움
따사한 봄빛으로 그득 할 때까지
그대에게 올곧은 삶을 바치고 싶습니다

생의 이치

고요 속 내 영혼의 집
님의 등불로 켜지는 그리움이여
"꽃의 매력의 하나는
숨어 있는 아름다운 침묵이니
자연의 신비를 받아들이려면
그저 무심히 기울려보라

겸손은 우리들의 결점을 덮고
반성은 나의 잘못을 닦는다
정성은 스스로를 속이지 않으니
도를 마음 밖에서 찾지 말라

참회란 지나간 잘못을 뉘우치고
다가올 잘못을 막아주는 성찰의 문이다
남을 꾸짖는 마음으로 자신을 꾸짖고
자신을 용서하듯 이웃도 용서하라

삭풍한설 이겨내고 봄을 기약하는 들풀처럼
마음의 눈을 넓세 뜨고 기다리라

원망할 권리를 포기해야 평화를 얻는 것
영원한 침묵으로 우주의 진리를 깨우쳐라"

오늘 따라 당신이 가르쳐준 생의 이치가
나를 무척 떨리게 합니다

삶의 길

절망
우두커니 절벽 끝을 보다 ↓

낙망
되돌아 갈까……

소망
불빛을 보다!

희망
꿈인가 ↑

희망 한 단

밤새 뒤척이며
생의 아픔을 되짚어 본다

가끔은 삶은 희망이라고 푸른 별들이 꼬리를 흔들며
내게로 달려온다 때로는 폭풍우 몰아쳐 숨쉬기조차 힘
들다 어떤 일이든 도전 그 자체는 희망이다 걱정과 두려
움만으로는 삶을 지켜낼 수 없다 조용한 결단력을 보여
주는 행동은 진정한 용기다 새롭게 시작하기에 너무 늦
은 때란 없다 소망으로 삶에 향기가 만발하길 기원하며
어둠을 머금은 바람 속에서도 파란 꿈 키워줄 새벽을 맞
는다 가슴 설레던 아침이 시작되어 하늘 눈부신 푸른 한
낮으로 이어지면 초봄의 햇살처럼 경쾌한 희망 한 단 꽃
처럼 향기롭고 나비 날개처럼 반짝인다

내일도 태양이 떠오른다
아픔을 속으로 속으로 이겨 내련다

꿈 팔러 가는 길

우리는 꽃보다 향기로운 꿈을 꾸며
바구니에 숙명을 담은 채
삶의 여정을 떠나지
현실의 냉혹함에 도전하기 위해
한 걸음 또 한 발짝 걸어서 가지

때로는 종이 꽃 같은 희망마저
바람결에 날려 보내고
꿈보다 맑은 마음 하나만 안고
여울목에 돌다리 하나씩 놓아가며
천천히 걷고 또 걸어서 가지

오늘은 허부적대던 어제가 아니라서
얼마나 다행인지
밀려오는 일상의 모습에서
우린 다시 맑아지고
마주친 사람들은 밝은 별을
하나씩 가슴에 안고 가며

“좋은 꿈 한단 사세요”
외치고 있네 그려

아버지

그대는
인간적인 너무나 인간적인
나의 고요한 중심
갈라진 손끝에 매달린 세월의 무게를
침묵 하나 부둥켜안고 살다간 당신

"영웅은 남을 위해 자신을 희생하는 사람이라며
서두르지 않고 욕심내지 않는 나무처럼
가을에는 옷을 벗을 줄도 아는
숭늉 같은 사람 되어
이슬 같은 쪽빛 인생 살라"시던

바위 같은 삶을 살며
다 버린 자의 촉촉한 미소와
파고드는 침묵으로 가르치신
님은 가고 나만 남은 지금

뒤늦게 깨우친 그 뜻
그리움 되어 다가오는 그대여!

생전의 모습 어둠 타고 내리면
내 영혼의 슬픈 눈
그대 마음인양
고이 접어 안고 있네

껴안기

우리는 서로의 따뜻한 가슴이 되고 싶다
힘들 때 기대고 싶은 어깨가 되고 싶다

이웃의 아픔을 사랑 하나로 보듬고
행복하길 바라는 작은 소망 하나로
가만히 두드린 문을 열어주면
식어가던 가슴이 다시 뜨거워진다

속는 것도 때론 기쁨이라 생각하고
넓고 깊은 포옹으로 마음의 빗살무늬를
날줄과 씨줄로 엮을 수만 있다면
두 줄의 현에서 득음을 내는 거문고처럼
밝은 눈길은 어둠을 밝히는 등불이 되고
따뜻한 손길은 겨울을 데우는 불씨가 된다

누군가를 사랑한다면
모닥불처럼 스스로를 살라야 한다
먼저 안아 주고
진한 징을 주면서

여울지는 잔잔한 미소로 더불어 살아야 한다

우리는 함께 사는 서로의 집이 되고 싶다

눈꽃

3월 하고도 중순
서울 한 복판 광화문 네거리

꽃 한번 피우지 못한
말라죽은 나뭇가지에
풍성한 눈꽃이 피었다

불꽃 한번 지피기 위해
피멍진 그대의 절절한 가슴에
나도
희망이란 눈꽃으로 피어나고 싶다

싸리꽃

하얀 꽃들이 한가로운 몸짓으로
아리수 바람결에 흔들이고 있다

응봉산의 개나리
여의도의 화려한 벚꽃 뒤에
아무도 눈여겨보지 않는
외로움 속에 피는 몸짓이라
서로를 보듬고 안아주며

비를 몰고 오는 바람에도
하이얀 소복으로
꼿꼿이 맞선 채로
배고픈 이들의 가슴에
쌀이 꽃송이 송이채로 피어 있다

선문

꽃이 피지 않는 봄은 봄이 아니다
비가 오지 않는 봄은 봄이 아니다
꽃이 비가 되어 하루 종일 흩날린다

피다만 꽃도 바람에 날린다
쌍계사 가는 길목에는 마음마저 날린다
젊은이의 웃음이 땅으로 떨어져
할머니 발밑에서 문들어진다

서둘러 온 발길 머물러
날리는 덧없는 생을 본다
쌍계사의 부처님도 꽃비에 젖어
두 눈을 반 감고
삶이 무엇이냐고 선문禪門하고 있다

지난 길 에돌아 보면

이곳저곳을 헤매던 마음이
가슴 저리며 껍질 벗고
아픔과 희망이 어우러져 무르익도록

내 심연 가만히 들추어 본 당신을 위해
서러운 달빛이 젖어드는 내 가슴에
그리움의 등불을 밝히려네

인생은 추억을 통해 흘러간다지만
무심코 흘러 보낸 절정의 날들이
나를 더 아프게 하네

잠깐 머무는데 무얼 그리도 탐하리
거둠 보다 나눔이 더욱 아름다울지니
아침햇살 한 조각에도 고마워하는
천진난만한 이슬방울로 돌아가려하네

3부

삶의 여울목

진솔한 사랑

사랑은 안으로 그 안으로 타는
검붉은 장미 한 송이
온몸으로 그리움 되어
잔잔한 내 마음 한 복판으로
스며든 그대
눈짓 하나에도 일렁이는
이 내 가슴

외로움이 실할수록
그대를 애틋이 사랑하나
가슴으로 듣는 사랑은 쓰리고 아픈 것
제 홀로 그리움 삭히는
나의 꽃 그대여

사랑으로도 물들지 않던 그대의
숨 막히는 그리움이 되고 싶어
사랑 끝에 생긴 아픔마저 녹여버리고
애증의 그림자를 버릴 때
내 가슴엔 듯 내 영혼엔 듯
망울 터트린 새하얀 연꽃 한 송이

삶의 배려

우정이란 끊임없는 관심과 배려
사랑은 조금씩 아껴가면서
꺼내 놓고 싶은 삶의 보배

아픔으로 사는 사람들을 위해
하루는 그늘도 되었다가
때로는 쉼터도 되었다가
끼리끼리 시린 몸을 기대며
서로를 적셔주는 기쁨

사랑이 석류처럼 터지면
나는 그들의 눈높이로 작아지고
우리 사이 향 맑은 옥돌 은물결
한 계절 넉넉히 흐르느니
오! 그 빛남!

나눔과 행복

찌든 가난을 등지고서 희망마저 잃고
메마른 가슴 쓸어내며 사는 이웃들
탐욕의 포로가 되어 미소마저 잃고
마음에 벽을 쌓고 시들어 가는 사람들

그들의 삶이 희망으로
그득하길 기원하면서
때론 ·그늘이 되고
때론 강물도 되어
나누고 또 나누면서
작은 욕심마저 벗어던지며

투명한 내 속살로
우리 사이의 벽을 허물고
다 버린 자의 다 가진 미소로
어둠과 두려움을 함께 밝혀 가노라면
사랑을 느끼는 우리들의 사는 맛으로
우리 동네엔 한겨울에도 장미가 핀다

홀가분한 존재의 행복함이여
실낱처럼 가볍게 살고 싶다

봉사

삶이 버거울 땐
화두를 잡는 작은 깨달음

비 오는 날이면 집 없는 사람들의 지붕이 되고
어두운 밤이면 마당엔 별 하나 따다 놓고
새벽빛 와 닿으면 스러지는 이슬도 되고
나무와 같이 서면 나무가 되고

바람에게 헐벗은 제 몸마저 다 내주고
서있는 자리마다 향기로운 꽃을 피우며
남몰래 흔들리는 작은 갈대

새벽햇살을 안고 승천하는
이슬 머금은 봄나물처럼
상긋한 맛으로 가득 찬
그 힘으로 한 겨울을 보내고
봉사한 깊이와 넓이만큼 성숙하며
자신을 태워 세상을 밝히는 보시의 꽃

잊을 수 없는 은혜

책상 위에 고요히 턱을 고이면
보랏빛 아지랑이로 피어나는 시절
청푸른 추억으로 가슴 시리고
얼굴 가득 스며드는 환한 미소
쑥 향내 나던 그 사람이 그립습니다

오월이 오면 고마움으로 닦는 마음
내 생애 어느 들판에서
어디에도 내려앉지 못하고
괴로워 할 때마다
님의 가르침으로
이 세상 따뜻해지곤 했습니다.

이리도 고요한 속삭이는 목소리
보고픔으로 그대를 향해 굴러가고
가슴 시린 그 사랑과 고마움으로
내 아득한 님을 그리워함이여!

늘 푸른 동행

이순耳順의 그림자를 이끌고 살아온 자취를
이만치 서서 뒤돌아보노라면
시간 위에 얹힌 기억들
내 삶은 한줄기 바람이었네

살다보면 꿈을 따라 갈 수 있듯이
해 저물 녘 창가를 잠시 서성이다 보면
미풍에도 저희끼리 밀고 당기며
일렁이는 노을의 눈빛

그대 눈빛에 가닿을 적에
마음은 꿈꾸듯 발걸음 가볍고
말없이 몸짓 하나 없이 서로 맞대어
그 뉘와 나란히 나는 걷는가

우리 다시 만나 꿈을 엮을 수가 있다면
노을이 피어나서 추억으로 흐를 때
마냥 그대와 함께 있고 싶어라
조국을 위한 사랑으로

통일을 향한 무진장한 열정으로
내 안에서 만개하신 꿈꾸는 그대여!

그리움

너는 하염없이 내리고 또 내려
적막강산 어둠을 덮고
마을을 덮고
장독간 된장 내음도 덮고
동네꼬마 깔깔대는 뒷모습을 덮고
귀먹은 할아버지의 기침소리도 덮고
할아버지의 어머니의 죽음도 덮고
고향 가는 길도 덮고
숨죽인 욕망마저도 덮고
그리고도 속절없이 내린다

쿵더쿵! 삐죽이 솟는 마음 한 자락
원시의 늪으로 빠져드는 아련함
빠끔히 봉창 열고 두 귀 쫑긋 세워본다

내 속에서 눈을 뜨는 아스라한 그리움 하나

두만강은 흐른다

두견이도 한 목청 울고 지친 밤
새파랗게 달빛 쏟아지는데
서로 사랑하고 헤어져 그리워하며
지향 없이 그대에게 가고파서
내게서 너에게로 청청한 냇물이 흐른다

무슨 바람이 그리 절실하여
침묵마저 삼켜버린 사무친 슬픔을
향수에 숨기며 물에 젖은 꿈이
세월 따라 흐르면 큰 강물이 된다

서러운 세월의 두만강 저쪽으로
바람은 내 마음을 요람처럼 흔들고
해밀가에 굽이굽이 흐르는 실구름처럼
내 가슴 깊은 곳에 그리움의 강물만
남쪽 저편으로 꿈처럼 안긴다

애끓는 마음 닿을 수 없는 그대여!
침묵 속의 소망을 아는지 모르는지

불면의 땅 남쪽으로 굽이돌아 흐른다

아무도 모르는 우리들만의 이름으로
울음은 강을 만들었다
너에게 가려고

다듬이 소리

도시의 불빛들이 종종걸음으로 반짝이고
어린 날의 꿈을 태우던 노을 비낀 길녘에
창백하던 낮달이 볼그레 미소 짓는 저녁
부여잡은 그 바람결에
코스모스 슬픔 몸짓으로 설레일 때면

조상의 혼들이 만든 조그만 다듬이 위에
인생을 내려놓은 사람들
정겨운 이야기 같은 다듬이 소리로
덜 아문 가슴 어루더듬네

모든 일이 타래실 풀듯 잘되도록
화해의 신명나는 춤판이 벌어지면
너무 서둘지 말자 마음 다스리고
번뇌의 불꽃 스러지며
시간의 얼레도 풀어져
저 홀로 깊어 가는 가을 밤

다듬이 소리 달빛에 걸리면

별들이 뜰에 내려 별밭도 일구고
손닿자 애절히 우는 모시 치마 위로
감미로운 은빛 리듬의 고향곡이 흐른다

문득 그 섬에 다가가고 싶다

버선코

거룩한 시간들이 별빛을 등에 업고
토담을 물들여 넘어오면

어머님의 입김으로 넋을 깨우는
묵직한 삶의 무게를
등짐지고 살아온 당신

순간은 영겁을 정지시켜
한 아름 소망으로
저녁놀에 파묻히고
느림과 다향삼매(茶香三昧)에 젖어
그냥 그대로 아득히 서 있는 그대
슬픔의 무게를 견디며
외로운 토방을 홀로 지키는
색시버선이여

계절 사이로 고운 미소 보내며
말없이 재 넘는 초승달처럼
촛불 같은 마음속의 불꽃을

온돌처럼 은근히 달아올라
넋 이는 향 맑은 구슬 같이
파문 짓는 물안개를 딛고 선
곱디고운 버선코여

꽃비를 맞으며

하이얀 속살 싱그럽게 풀어
저 홀로 깊어가는 계곡
찰박거리며 투정 대는 바람과
가슴으로 스미어 드는 하늘이
끝 모를 동경의 몸짓으로
풀빛 마음 흔들어 놓으면

꽃을 든 가슴으로 희망으로
새털구름은 한층 바삐 달음질치고
이슬방울과 입 맞추던 꽃잎들이
제비들이 몰고 온 실바람에 날려
그리움으로 지는
늦봄의 아쉬움이여

산다는 것이 지는 꽃과 같은 것을
어느 찬란한 것도 순간인 것을
휘날리는 꽃비에 이 마음 젖고 젖어서
풀빛 마음 아픔으로 흔들리고
가던 길 돌아서려니 날도 저문다

백담사 가는 길

갈 밤 달빛 한 모금 달게 마시고
바람결에 살포시 엎드린
단풍잎마다 무성한 추억을 매달고
산은 산대로 계곡은 계곡대로
가을은 순조롭게 깊어간다

작은 시냇물 윤회의 물방울을 굴리고
꿈꾸는 한용운의 그 님을 향하여
제 각각 눈짓 어깻짓으로
슬픈 계절이 뚝뚝 떨어지는 소리를
거부하는 몸짓으로 새빨간 단풍잎이 진다

은은한 들국화 향기는
소슬바람에 어리고
가을 햇살이 시냇물에 물들면
이 가을 길 끝 간 데에 이르고자
님 그리워 물살을 쓸고 가는 낙엽이 된다

겸손

제 키만큼 몸 낮추어
사소한 욕심마저 벗어 버리는
비어서 더욱 출렁이는 마음
섬약한 가량비가 풀잎을 흔들듯
더욱 작아지는 꽃이 되라하네

새벽빛 와 닿으면 스러지는 이슬처럼
꾸미지 않는 모습으로 스스로를 낮추어
늘 지고 사는 사람이 말없는 산과 같아서
석삼년에 한 계절쯤은 천치로 변해
자주 드러눕는 바람이 되라하네

사랑은 자기를 버려야 별이 되고
빗방울은 연꽃잎을 적시지 않으며
바람은 자신을 잠재우며 소곤대고
태양도 햇살을 아끼어 잎을 틔우듯
더러는 모자람이 어여쁜 줄 알면서
때로는 눈도 감고 귀도 막으며
희망도 너무 크면 무겁다고 잘라내는
겸허의 마음을 애틋이 사랑하라하네

반성

세월이 흰 머리칼로 내려와
침묵하는 영겁 속에서
참마음 씻고 눈뜨는 순간

조국통일 못 이룬 삶을
억겁 윤회로 여기에 서서
온 가슴으로 애타하면서
내 인생길의 번뇌를 푼다

주름진 생애의 흔적
잠들지 못한 내 기억의 날개
번민 덩어리, 애틋한 몸부림……
서럽도록 가슴시린 영혼의 순수여
보내지 않아도 절로 가는 세월이여

세상사 흔들려 사는 이 너 뿐이랴 마는
숨겨진 삶의 밀어 속에
꿈도 뜻도 내던지고 보채는 그믐밤
이순耳順의 귀속에 가슴을 울리는

신의 작은 속삭임 들리고 있다

저무는 들길에 영혼마저 흔들이면
반성하라고! 돌아보라고!

용기

벅찬 삶의 무게에 눌리어
밀려드는 파도와 싸우다 넘어지면
하늘이 허물어져 내리고
나를 에워싸는 어두움에
자유에의 꿈마저 흔들려
주춤거리다 돌아서 버리는
희망 한 자락

삶은 무겁고 외로운 것이라며
어둠 속에 틀어 앉은 윤회의 소용돌이에서
벗어나고픈 키 작은 바램과
나의 가슴을 떨리게 하는
믿음이 만드는 부질없는 물음들

인생은 포기할 때 끝난다고
기다리며 싸우는 사람들
한줄기 바람으로 삶을 방목시킨
그 억센 자유의지여!

바위 같은 삶
올곧은 삶 살다보면
잎새에 살아서 튀는 새벽이슬처럼
가장 추운 곳에서도 빛나리라

친구

기쁨
슬픔
아픔
후회
절망

이 모든 것이 왔다가 떠나간
텅 빈 뒷뜰에
돌담 넘어
살포시 스며드는
희망 한 조각

다시 어우러지는
내 삶의 친구들

삶의 여울목

첫눈이 산을 넘어
삶의 외진 기슭에 찾아오면
황망히 나래를 접고
되살아 다가서는 아픔 한 조각

산다는 것은 속으로 울고 있다는 것
무지개를 쫓아온 내 마음의 발자국
눈송이에 부딪쳐도 상처 입으리

불혹의 뜻 하나 몰래 간직한 채
숨죽여 건너 온 기나긴 밤들
들어도 알지 못하는 입 다문 것들
툭 건들이면 눈물이 될 추억 하나 안고
삶의 길에 혼자 설레이는 마음

애절한 울음소리 함박눈에 묻혀가면
황홀한 그림자도 슬픔과 아픔으로
가만히 눈시울 적실 뿐
참고 또 견디어서 씨앗으로 영글어

그 무게마저 없으면
더 휘청거릴 내 걸음이여

4 부

여로에 핀 수선화

백두산

내 영혼마저 가 닿을 수 없는
하늘과 땅 사이를 채우고 울림하여
노녘 달 향한 민족의 염원 간직한 채
겨레의 소망을 부둥켜안고
수수억년의 전설로 나무를 키우고 가람도 열어
무게만큼의 흔적을 남긴 너

용트림하듯 솟구치는 육중한 몸짓으로
열여섯 봉우리를 한 식구처럼 둘러앉히고
또 한 생을 영겁의 뿌리로 굳게 내려
늘 푸른 천지를 품에 어우르며
마루 무게 우러러 받치고
조국을 향해 우뚝 솟은 너

언젠가는 나도 너 같은 뫼가 되어
드높은 꿈 산울림으로 되새김하고
새로운 동살이 광야를 밀어 올리면
내 혼불과 꿈마저 불태워
영원히 꺼지지 않는 활화산으로
통일의 밑불을 타오르게 하리라

천지

끝 모를 심연은 쏟아질 듯 가파른 벼랑을 품고
열여섯 큰 봉우리 다 함께 하늘을 밀어 올려
사무친 슬픔으로 넓은 만주 벌판을 호령한다

태초부터 자리 잡은 바로 그곳에서
못 볼 것 죄다 본 세월을 외면한 채
모든 시공 다 스러지는 침묵마저
깊은 안개로 삼켜 버린 사무치는 저 겸허

수많은 손들이 저마다의 사연과 바램을 안고
시리도록 푸른 옥 같은 물 안에 녹아들면
천지는 바람을 불러 가슴을 활짝 열고
요람처럼 흔들리는 삶의 소망들을 듣는다

내 혼이 가 닿을 수 있는 곳에 꿈 한줌 키우며
어머니의 입김처럼 이 땅을 지켜온 역사의 수레를
이 한 목숨 다해 지키고 싶다

압록강아 말하라

세월의 골짜기를 뚫고
절망하듯 쏟아지는 모든 빗물 받아들여
목숨을 빚는 눈물의 강

무슨 바람이 그리 절실하여
큰 기침으로 원혼을 깨워
해질녘 울음이 타는 혼절의 강

젖은 손이 닿는 곳마다
겨레의 숨결 골고루 나누어 주는
어머니 같은 생명의 강

저문 강물에 그리움을 씻고
나의 시선이 머무는 곳에
마음만 흐르는 동경의 강

안중근의 혼을 머금고
윤동주의 별을 껴안고
우리는 염원의 눈빛을 나눈다

그대는 아는가!
압록강이 하고픈 말을!

아! 역사의 현장

하늘도 그만 지쳐 끝난 만주벌판
옭매어 담금질해 온 인고의 계절과
지워진 날들을 거슬러 올라가며
길마다 쌓인 추억을 뜨거운 가슴에 담는다

돌아온 생명은 더더욱 푸르나니
부르고 싶은 이름 하나하나에 풍경을 달고
온 세상 천지에 뿌리고도 남을 뜨거운 피로
생명의 광야에서 그대들의 혼을 본다

엇갈린 파릿한 역사의 뒤안길로
만주벌 혹한 속에 풀 같은 삶과
낙엽 지던 유언들은 녹슨 세월을 덮고
타오르는 불꽃같이 내 가슴 속으로
압록강과 두만강이 흐른다

세월이 쉬이 무너져
혼자 외워보는 까마득한 이름들이
별을 품을 수 있는 날이 오기를

업보의 껍질을 벗는 아픔이 오기를
이 한 목숨 다해 기원하고 싶다

용정에서

구만리 하늘 한 구석
계절이 지나가는 대륙에는
세월에 마모되는 시간 속으로
끝도 없이 내닫는 역사의 흔적
초라한 영혼의 기념탑

내 그대의 가슴 열 수 있다면
그리움에 가슴 시릴 때마다
별빛 같은 먼 희망으로
타다만 님의 이삭을 주으리라

하늘까지 닿지 못하는 것이
그대와의 인연이라면
서시序詩와 함께 심연 속으로
굴러 떨어지는 발자취
잎새에 이는 한줄기 실바람처럼
이 용정의 밤하늘에 님의 별로 떠서
그대를 지키리라

독도의 수호신

수수 백만 년의 풍파를 이겨내며
울릉도의 형으로 팔십구 대의 자손들을 거느리고
두천 미터에 뿌리내려 두 눈 부릅뜨며
동해의 파숫꾼 되어 우뚝 서 있는
우리의 님이여!

남쪽에서 들려오는 제국주의의 외침
휘몰아쳐 오는 광풍과
어리석은 자의 과욕까지도 달래고 껴안으며
삼봉도로 가지도로 우산도로 살아왔구나

모든 시공 다 스러지는 세월을 타고
단군의 혼까지 하늘의 숨결까지 가 닿도록
태초부터 써내려온 독섬의 이야기를
천고의 뒤에도 대한의 역사로 쓰고 또 쓰리라

깊은 곳에서 치솟는 가없는 분노는
끝내 꺼지지 않는 불씨 하나 가슴에 품고
님이 서 있는 비로 그 자리에

영겁을 다하도록 한 얼 뿌리내린
수호신이 되리라!

만리장성萬里長城의 사연

그 뉘를 두려워서 만리를 지켜왔나
진시왕의 욕심인가 인간의 본성인가
흉노의 발굽소리 맹강녀孟姜女의 통곡소리
가장 긴 무덤 따라 굽이도는 인간사

이끼는 모든 시공 다 스러지는
세월을 타고
죽음이 기쁨이었던 흔적 돌에 붙어
삶도 죽음도 잠시 머물다 가는 곳

수많은 돌들이 저마다의 사연을 안고
혼자 몸부림치면
달고 달은 계단은 삶의 흔적을 내뿜는
무한히 늙은 옛날의 추억

뜻을 세워도 번번이 허물어진
민초를 딛고 선 제왕의 욕망
혈관을 좁히고 심장을 비틀어 짜내는 고통으로
태초로부터 써 내려온 공포를 본다

나는 성벽에 몸 비비며
너를 건너는 바람
한여름 하루 쉼 없이 출렁이는
너희들의 혼을 깨우고 싶다

하룻밤에 만리장성을 쌓으며
묵직한 삶의 무게를 지고
허물 벗어 다른 생을 이어간 이곳을
허공이라 한들 어떠하리

자금성 紫禁城

천안문과 9999개 방의 사연을 안고
영락제의 웅지와 마지막 황제의 아픔을 담아서
600여년의 긴 세월을 에돌아
북극성의 북쪽, 세계의 중심에 너는 우뚝 서 있다

비색의 하늘 위에 정묘하듯 상감하듯
담 넘는 바람소리에
영웅이 되기 위해 부귀영화와 헛됨을 쫓던
빌려 쓰다 간 한 생애가 흘러간다

세속의 온갖 소음 등지고
시간의 월륜月輪을 절로 굴리며
저 혼까지 그 숨결까지 가 닿도록
그 정적 속에 그대는 혼자 고요하구나

파란하늘 도화지에 그림을 그리고
바람처럼 나의 마음을 스쳐 지나는 것
그 푸른 떨림, 일장춘몽이야
무소유의 자유스러움이 이렇게 좋을래야

야스쿠니[靖國] 신사

어디서 불어오는 가느다란 바램이기에
사람마냥 서글피 우는 군국주의의 외침
몸과 사랑의 안식을 헤치고
휘몰아쳐오는 광풍이어라

밤이 끌고 오는 검붉은 치맛자락
하늘도 무거운데
끝내 잠 못 드는 위폐의 아픔을 안고
너는 어드메쯤 꽃같이 숨었느냐

노을 구름 비껴 뜬 석양 하늘에
저녁안개가 자욱이 내려오기 시작하고
전범들의 혼인 듯 눈물인 듯
몸을 적시어 뼈에 스민다

숱한 비난으로 풍기는 흰 비둘기의 울음과
끝내 꺼지지 않는 불씨 하나 품고
내 마음 깊은 곳에 가미카제[神風]의
끝없는 눈물이 흐른다

개선문

깃대 올린 사연들이 내 마음에 촛불을 켜고
묵상한 수백 년을 넘어
영웅들의 전설 위에서 잠들면
끝없이 이어지는 역사의 물줄기

기억의 갈피에 조약돌처럼 묻혀 있는
사나이들의 욕망은 파도처럼 억세고
영웅의 설레임은
세월이 지나간 빈자리에 그대로 남아
하늘 끝 향해 남모르는 꿈을 꾼다

시간의 순례자를 위해 멈추어 서 있는 시공
전설처럼 얽힌 기억 속에 하루가 열렸다 닫히고
바람도 살포시 엎드리자
저 눈빛들의 함성소리 천지를 덮는다

원형경기장

삶이 그저 삶이 아니었던
생의 후미진 뒤안길에서
죽음을 강요하는 어둠의 중심에 서서
생의 바퀴를 돌려 얻는 용기를 본다

속삭이는 천 년 빛 속에서
세월의 이끼가 눌러 붙은
돌의 가슴 깊은 곳에서
환호하는 로마 시민들의 함성소리 들리고
죽음마저 벗어던진 무사의 숙명을 본다

무한히 늙은 옛날의 고요 속에서
천 갈래 만 갈래 살아가는 길과
이름 없이 살다간 침묵 속의 진실을
바람의 목청으로 소리 내어 불러보니
그들의 혼불로 봄날 하루가 출렁인다

스톤헨지

돌 하나하나의 의미 속에
몸과 영혼의 안식을 위해
모든 시공 다 스러지는
시간이 누워 버린 곳

태초부터 떠내려 온 생이가래처럼
과거 속으로 나를 인도하는
너에게 나는 정녕 다가 갈 수 있는 것이냐?

먼 그 머언 삶을 돌고 돌아서
세속의 속도 밖에서 천고의 자태로
진실된 생명의 역사는 그 끝을 다하려느냐?

어차피 빌려 쓰다 가는 찰나의 인생이라면
들꽃 향기처럼 착한 마음으로
변해가는 얼굴의 슬픔을 사랑하리라

오늘 밤은 허공에 띄우는 돌팔매 하나로
별똥별이 되어

옛날 옛적의 꿈을 꾸고 싶다
영겁을 사는 너를 가슴에 안고 싶다

펄 하버

국화 향기 머금은 해풍은
미조우리 선미를 휘감고
사무라이의 혼들은
들숨과 날숨으로
쉼 없이
선체를 두드리누나

와이키키의 새벽을 깨는 폭발음
황급한 군화발자국 소리
중상자의 아우성
영문도 모르며 꺼져가는 영혼들

나는 이곳에서 마음으로 보았다
안보는 산소인 것을!

브란덴부르크

이곳에는 영원히 잊혀 지지 않을
이야기 속의 주인공들이 산다

냉혹한 역사의 바람 한줄기를
뜨거운 승부사의 열정으로
세월 지워 한 움큼 부여잡은 그 바람결로
접어둔 혼돈의 세월을 뒤집고
사랑과 자유의 새 은빛 날개를 달기 위해
새벽 흔들어 어둠을 깨운 영웅들이 산다

거룩한 그들의 일을 생각하자니
역동적인 역사 포개 안은 구름 사이로
고뇌로 반짝이는 별들도 쏟아져 내리고
역사의 한 쪽을 밟고 가는 나그네는
무거운 마음 누일 온돌방 그리워
뒤척이며 잠들지 못 한다

우리도 숨 가쁘게 달려서
하나 되고 싶다

융프라우 JUNGFRAU

머물 수 없는 낯선 시간 속에서
엎드렸던 바람이 머리를 쳐들고
앙칼진 시샘 바람 타고 날아온
겨울을 들쳐 업는 나그네

동천을 허무는 눈보라 쳐오고
서럽도록 아름다운 순간을
불꽃에 안긴 듯 희미한 마음

달빛 온기로 살아가는
찰나의 시간 속에서
관광객들은 빙하 속을
바삐 움직이고

가슴으로 살라는
자연의 섭리 되새기며
나 홀로 너를 안으며
영겁을 간다

어여삐 피어나는 인동초여!

앙코르왓트

하늘을 향한 인간의 염원은
수천 만의 사바신을 만들고
압살라의 춤을 통해 신의 영역을 넘나든다

수미산의 큰 뜻을 바램으로 껴안고
바라문교의 가르침을 가슴으로 되새겨
영세를 향한 왕들의 소망은
신전들을 지어 후손들에 바치다

자연의 위대함인가
하늘의 섭리인가
용수나무의 뿌리는 신전을 통째로 껴안고
타프롬탑을 대신하여 하늘을 향해 치솟고 있다

영생을 향한 그들의 염원이
천년을 이어
여행객의 마음마저 뒤흔들며
해맑은 연꽃으로 피어나고 있다

하롱베이

아 누구인가!

새파란 물결 위에
쪽빛 물감으로 풀어 놓은
수천의 섬들을
한 폭의 산수화로 그려놓은 이는!

신의 섭리와 자연의 조화는
기기묘묘한 형상을 이루고
이곳저곳에 얽혀 있는
하고 한 옛 이야기들을
부드러운 손길로 쓰다듬고 있다

금쪽 햇살을 실어 나르는 나룻배는
청순한 내 마음마저 싣고
태고 속 풍경을 스쳐지난다

하루해가 쉬 넘는다 아쉬어 마라
나도 바위와 한 몸 되어
천만 년을 키스하며
선경仙境에 머물고 싶다

여로에 핀 수선화

정한의 눈빛 고운 자태
제 키만큼 몸 낮추어
저 홀로 다소곳한 그대여

바람결에 식어가는 초저녁
설렘으로 피어나
애틋함으로 지는 꽃
님의 향기를 가슴 깊이
품었다 피는
사모하다 지쳐 핀 꽃이여

삶의 빈 둥지마저
놓아주라고 풀어주라고
나를 향해 손짓하는
별빛을 등에 업고
여로에 핀
한 송이 수선화여!